男がゆく

浅野 眞次

文芸社

男がゆく

はじめに

一九四二年十一月十七日　私、浅野眞次が生まれた。

東京都荒川区南千住下町（山谷の隣）育ち。瑞光小学校、荒川第一中学校卒業。都立墨田工業高校電気科卒業。築地魚河岸ＰＢＸ保守として勤務。東京電機大学第二部（夜間大学）電気通信工学科卒業。以後、都立工業高校電気科に勤務し、三十二年間教員生活を続けた。

二〇〇八年瑞光小学校のクラス会で、毎週水曜日に「詩」を書くことを宣言してしまった。以後、現在まで愚直に「詩」を作り続けた。

私の「詩」に対する取り組みを次の四点にまとめてみる。

一、誰にでもわかる文章であること。

二、日常の生活の中から、何か光るものをみつけたい。

三、私の悩んだことから、同じように悩んでいる人に少しでもプラスになるようにと考えている。
四、自分に対する励ましや、勇気を奮い起こすもととなること。

私は、小学六年まで、おねしょ（寝ていておしっこを漏らす）で、母親にはだいぶ迷惑をかけた。自分でも恥ずかしくてしょうがなかった。人前では、発言できず、何をしゃべったらいいのかわからなかった。二十二歳のとき、中学一年の同級生に恋していたことが自分でわかり、ラブレターを出し、デートにこぎつけたが、「ひがみ根性」を見抜かれて、失恋した。十八歳から二十八歳まで皮膚病（湿疹）があり、大変悩んだ。二十八歳まで、自転車に乗れなかった。他人より劣等感が多かったのは、これらのせいかもしれない。私は、常に劣等感に悩み、しょぼくれた人間であった。

夜間大学は過酷だった。卒業後、ピラミッドの最底辺の工業高校の教員になった。人を相手の、人前でしゃべる一番苦手な職業につき、大変身した。それは、他人のできぬ夜間大学を卒業できたという自信からだ。いじめ・暴力・恐喝の連続の毎日で、非行少年たちとの対決に悪戦苦闘した。

これまでいろいろなことがあった。いろいろな人と出会い、いろいろな体験をし、いろいろな思い出がいっぱいである。いろいろな人に感謝したい。
「詩」についてしっかり学んだことはない。我流で、「ボキャブラリー」のバリエーショ
ンが少ないかとは思う。私の人生最後の「ささやき」を聞いてください。

目次

孫による二十三選　81

著者による九選

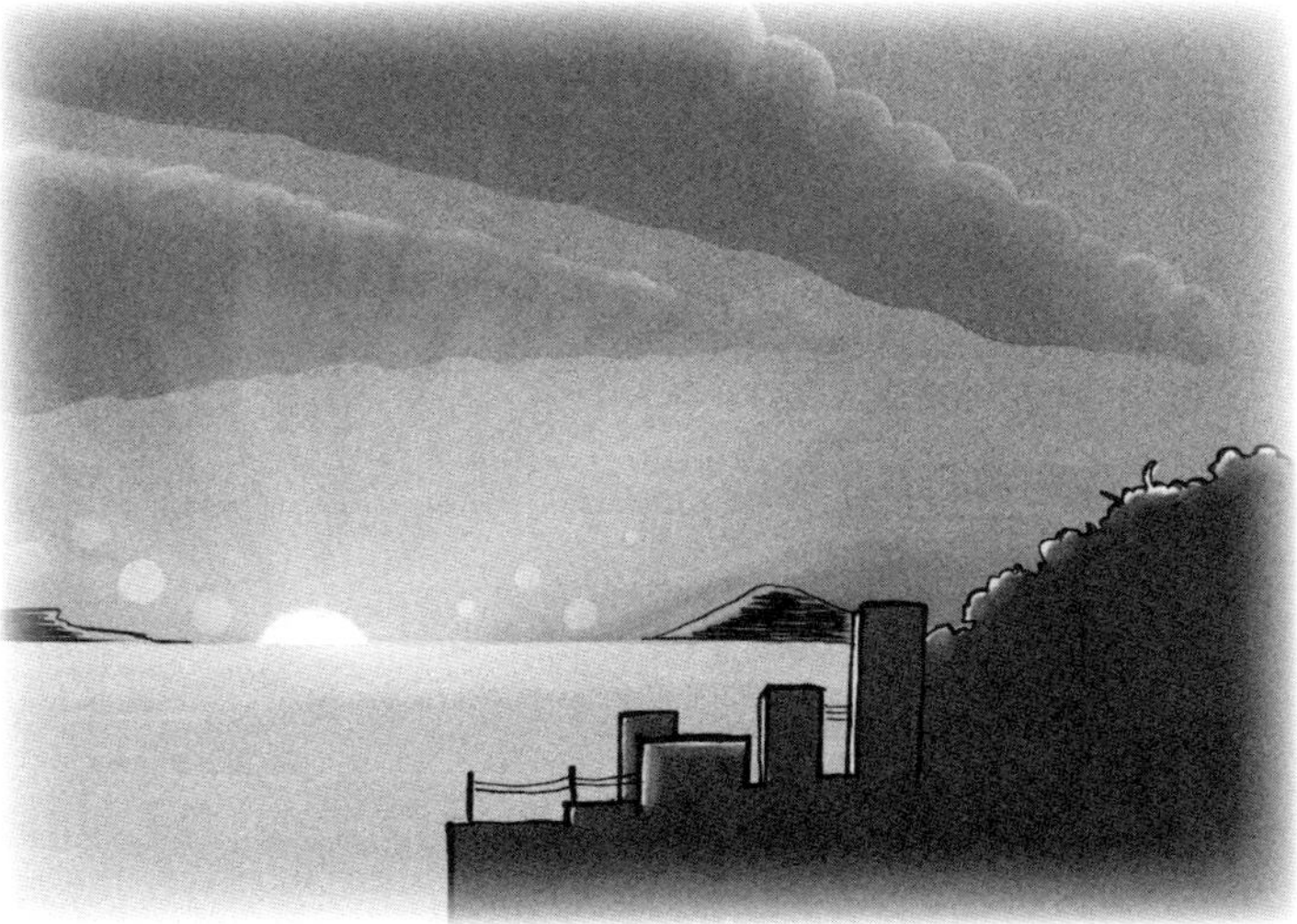

男がゆく

男が歩く
とぼとぼと

夕日を背に受けて
おとすかげもながく

貧しいいでたちの
目だけが空を仰ぐ

今日一日を
精いっぱい闘った男

著者による九選

にえくりかえるような心を
歯をくいしばってこらえ
ひたすら静かに
笑っているだけだった

人からバカにされても
男は自分のいく道を変えない

苦しい厳しい道を
なぜ男は選ぶのか

男はただ
ひたすらに歩く

とぼとぼと一人で

かあちゃん

時計の音がカチカチ
やけに大きく耳にとびこんでくる
面会謝絶の病室の
ベッドに眠っているかあちゃん

眠たい目をこすりながら
ただ祈るだけ
こわばっている私の心はさびしい

負けず嫌いでお人好しで人を信じて
何度も裏切られたかあちゃん
他人からみるとつまらない生き方かもしれない

それでも自分の考えを曲げない
古い女なのでしょうか
そんなあなたから
私はいろんなことをゆずりうけました

小さいときから
弱虫で泣き虫で
たよりなかった私

そんな私を叱り飛ばし張り飛ばし
一緒に泣いてくれたかあちゃん
一人前になったようなつらをして
いばっているような私
でもどこか遠くで見つめているかあちゃん

ゆけゆけ　わたし

一つ　人なり　わたしなり
二つ　ふじさん　大きいな
三つ　みなりは　おとるけど
ゆけゆけ　わたし　あゆみをとめず

四つ　よの中　きびしいぞ
五つ　いつくる　はるをまて
六つ　むかしは　ふりむくな
ゆけゆけ　わたし　ひかりの中を

七つ　ないても　もがいても
八つ　やめずに　まえを見る

九つ　こころの　おもうまま
ゆけゆけ　わたし　目ざしてゆめを
（一年生で習う漢字で書いてみた）

しあわせ

山のあなたの　空遠く
さいわい住むと　人のいう
カール・ブッセの　詩を思い出す
人間だれも　考えること

朝起きること　夜に寝て
ごはんを食べる　みそ汁で
何でもない　日常のこと
戦争のない　平和な世界

厳しい苦しい　あらそいに
どうしようもない　貧しさに

なんでこんなに　自分だけに
神様ひどい　仕打ちをするの

不幸なことは　しあわせだ
どうすればいい　考えよう
こうしたらいい　次はこうしよう
失敗しても　はねとばしてゆけ

神が与えた　絶好機
勇気をもって　実行だ
こんな気持ちが　わかるかみんな
しあわせに向け　突っ走ってゆけ

さくら　ちる

さくらちるちる　さっとちる
けなげにさいて　ちるいさぎよく

さくらちるちる　さらさらと
さくらちるちる　ちるさわやかに

さくらちるちる　草はらに
さくらちるちる　ちるくにもせず

さくらちるちる　ラララのラ
さくらちるちる　ちる青空に

さくらちるちる　ちらちらと
さくらちるちる　ちるちりつもる
さくらちるちる　かぜにちる
さくらちるちる　ちる雨にちる
さくらちるちる　ふりおちる
さびしいかぎり　みじかいいのち

ぼくが見えるかな

まんまるの月　光ってる
大きくおおきく　堂々と
もちつきうさぎ　楽しそう

真っ黒の空　一面に
星がまたたき　ゆれている
涼しい風が　吹いている

あの空の上　遠い星
あそこから見た　ぼくの家
小っちゃいけど　わかるかな

大きな地球の　日本の
こんなはずれの　片いなか
手をふるぼくが　見えるかな

八十一歳

今年の夏は　厳しい暑さ
からだ休ませ　何とか過ぎた
寒い冬にも　めっきり弱い
からだ順応　衰えてきた

「く」の字腰　猫背の姿勢
気にはなるけど　どうにもならぬ
ひざおり座り　立つのに苦労
スタミナ不足　言うに及ばず

平衡感覚　さらに弱まる
階段昇降　手すりは必須

ふらつき注意　まっすぐ歩け
手先も弱り　うまくつかめず

八十五まで　頑張るつもり
五年日記は　必ずつける
粘ってねばって　死ぬまで生きる
出来ることは　何でもやろう

覚悟

八十一歳　ガタがきている
第三腰椎　骨折、入院
三十七日　不自由生活
元の身体に　戻さにゃならぬ

公園三周　最終目標
少しずつでも　散歩を延ばす
入浴・ストレッチ　挑まにゃならぬ
風呂場掃除も　やらねばならぬ

編集会議に　忍城《おしじょう》散策
必死の覚悟で　実現めざせ

自分の身体　大事に見つめ
休みやすみに　ちょっとずつ行く

ヘタレバカ眞　心に決めて
地道な努力　繰り返し行け
二度と入院　したくはないさ
絶対うまく　やり抜くだけさ

いいのです

朝焼けの空　冷たい空気
深呼吸して　今日も歩き出す
小鳥の鳴き声　道づれにして
胸張り手をふる　これでいいのです

池に泳ぐや　鴨の親子づれ
さざ波たてて　スイスイとゆく
公園三周　ちょっときついけど
健康第一　これでいいのです

八十過ぎて　スタミナ不足
ひざ・腰痛く　つらい時もある

一・二・三・四と　掛け声かけて
愚直に進む　これでいいのです
誰にも知られず　静かに生きる
清く貧しく　賢く行動
気にもされずに　ひっそりと歩む
自分流でゆく　これでいいのです

娘による二十三選

子供の目

黒い瞳が　輝いている
ひきこまれそう　子供の目
何でこんなに　きれいなんだろ
とても心が　洗われる

夜空をながめ「星がいっぱい」
孫が指折り　空を指す
二つしか見えない　この私には
この頃耳も　遠くなる……

先生の言葉　目を見てしっかり
聞いて信じる　心から

何のかこいも　何のかまえも
何のてらいも　ないのです

そんな気持ちが　この私にも
あったのだろう　いつの日か
忘れてしまった　もう戻れない
厳しい波の　世の中で

美しい日に

今日も　一日
元気で過ごせた

歩く　道々
空を見上げた

暮れなずむ
大きな空

白い大きな雲が
ぽっかり浮かんでいる

一番星が
風にゆれてみえる
今日は星がよくみえる
右にも　左にも

こんな美しい日に
こんな美しい日に
私もとけこんで
しまいたい

いつか　私も
この星の一つになるのだろう

月

深くて黒い　はてしなき空
雲の切れ目に　光る月
じっとながめて　たたずむ私
遠き昔を　ふりかえる

あれは奥多摩　国民宿舎
リュック背負って　ハイキング
近づく天に　さえわたる月
明日の天気を　ただ祈る

母と見上げた　満月の夜
「もちつきウサギ」教わった

キネとウスまで　ハッキリ見える
大きくなるまで　信じてた

いろんな人が　いろんな場所で
いろんな気持ちで　見てるだろ
心をいやす　ボクの宝物
ほほうつ風も　ここちよし

一生

子猫かわいい　ひとなつっこい
生まれて一年で　もう十八歳
布団で一緒に　寝たこともある
寿命は普通　十五年

夏にはセミが　鳴くもんだ
土中の幼虫　五、六年暮らす
大人になって　一か月ほど
寿命はせいぜい　七年か

人は長生き　百年時代
青春・朱夏　白秋・玄冬

言葉もしゃべり　勉強もする
発明・発見　知恵をもつ

母の腹から　生まれ出て
若い時には　苦労のはてに
やがて老年　枯れて死にゆく
しあわせだったと　言いながら

菊

霜月なかば　神社の沿道
白・黄・紫……　色とりどりに
ここぞとばかり　咲き競ってる
今　真盛り　菊花展を見る

春は桜で　秋は菊と言う
日本の皇室　菊花紋章
十六弁の　八重表菊
かなり重たい　感じを受ける

菊を見てると　「高貴」な感じ
「白」は「真実」「ピンク」は「夢」で

「黄色」は「失恋」　花言葉なり
パスポートにも　菊のデザイン

父が老後に　菊づくりの趣味
本を見ながら　苦労していた

私は挑む　家庭菜園
コツコツ地味に　静かに励む

漢字を覚える

記憶力なら　母親ゆずり
漢字を書くのも　得意の方だ
中学校では　悪戦苦闘
母や兄貴に　教わったかな

立・月・ト・コ　しん曲げて（龍）
ウっさん（三）・棒々　八・点・点（寒い）
ムこうの山に　月が出た
ヒが出たヒが出た　４つ出た（熊）

虫を探して　土から土へ（蛙）
舌を出す　自・分の・心（休憩）、

其の鹿と　隣の鹿で麒麟
木の上に　立って見る親

問題口あり　専門口なし
完璧な玉　和室の土壁
異性を頂戴　車に記載
苦労もいいか　昔なつかし

しあわせ

雲一つない　青い空
降りそそぐそっと　こもれびが
どこかをめざす　小鳥が鳴いて

みよちゃん飛んで　逃げまわる
ねいちゃん笑って　追いかける
狭いお庭を　声かけあって

ママはなにやら　台所
じいちゃん畑へ　自転車で
ばあちゃん垣根の　草むしりする

いつもと変わらぬ　ことだけど
秋のひととき　今日もまた
ほほをなでゆく　ここちよい風

この一年

二月　三月　コロナの騒ぎ
伊奈学園の　卒業式も
太平山の　花見も何も
すべて中止で　はかなく消えた

ステイホームに　ウイズコロナ
外出自粛　みな引きこもり
終息宣言　いつ出ることか
長くてつらい　戦争のよう

弱い者には　きびしいちまた
右往左往の　迷走政府

悪質サギや　空巣　泥棒
大混乱が　日本を巡る

コロナ感染　まだ増え続け
今になっても　猛威をふるう
旅行　会食　まだままならず
コミュニケーション　さびしい限り

三密避けて　社会的距離
手指消毒　マスク着用
なれてきたけど　忘れちゃならぬ
未来を見つめる　まっすぐな心

まどろむ

久しぶりだね　シーディーを聴く
やさしいメロディー　気持ち落ち着く
しばしまどろむ　ここはどこだろう
たたずむ一人　むかしきた道

小学生の　私じゃないか
からっぽの心　けがれなき目で
屋根に座って　あたりを見てる
向こうの雲の　さらに向こうを

ませてた私　人に恋した
「すみからすみまで　すべてが好きだ」

世界はバラ色　心がはずむ
あこがれの人　今はいずこか

ここは緑の　風立つ丘か
空を見上げて　ため息をつく
遠くの山に　鳥が群れ飛ぶ
夕陽が染める　オレンジ色に

花

電車の走る　わきみちに
赤・白・黄色　バラの花
青空の中　咲きほこる

はてなく遠い　あの人の
少し冷たい　横顔が
浮かんで消える　また浮かぶ

古い民家の　垣根の木
赤紫の　萩の花
においやさしく　やわらかく

強くけだかい　その人は
深く静かに　考える
遠くをみつめ　動かない

小川のわきに　みつけたり
白く目立たず　そっと咲く
はずかしそうな　セリの花

まるで小さな　オレのよう
寒いちまたの　片すみに
ほこりにまみれ　つつましく

瑞光

ズーッと昔　学校の庭
スケッチしてた　子供たち
透きとおる風　やさしい光
すばらしい空　すばらしいとき

いつも明るい　楽しいクラス
いじめいたずら　なにもなし
いろんな仲間　いろんな笑顔
一致団結　いきいきしてた

校舎は古くて　きたないけれど
かけっこなわとび　すもうとり

給食に出た　うまいコッペパン
ちょっとにがてな　だっしふんにゅう

生まれは貧しい　下町育ち
食うのがやっとの　終戦後
ラジオをつけて　聴く歌番組
うちのごちそう　ライスカレー

瑞光のいわれは　おてんのうさまの
吉兆しめす　瑞光石
ずいぶん立派な　意味があるのさ
広大な望み　生み出せみんな

(「ずいこう」の文字の韻をふむ)

先生

少し汚れた　白衣着て
使い古した　教科書と
ノートを持って　教壇に
出席簿をば　大声で読む

ハッキリとした　言いまわし
一人ひとりを　よく見る目
授業に悔いを　残さずに
わからない子に　心をくばる

悪いときには　叱りつけ
目を見て怒り　真剣に

良いことならば　ほめもする
困った子らに　聞く耳をもつ
出来ない子も　出来る子も
みんな等しく　へだてなく
やさしくしゃべる　心から
わたしのことも　信じてくれる
そういう人が　教師なら
ついてゆきたい　どこまでも
おしえてほしい　たくさんの
いろんな悩み　ひとつ残らず

うま

さる・とら・パンダ　人気者
柵のまわりは　人だかり
今日もにぎわう　動物園

広い草はら　のびのびと
ゆっくり歩く　黒い馬
りりしき姿　心に残る

揺れるたてがみ　長い顔
大きく光る　うるんだ目
やさしき母の　まなざしに似て

馬もたくさん　あるけれど
荒馬・駿馬　駄馬・荷馬
竜馬に神馬　サラブレッド

わたしゃうまどし　江戸育ち
すてきな馬に　なれはせぬ
せいぜい「のろ馬」　それでもいいさ

思い出

夏のひるさがり　今日は特に暑い
かあちゃんは内職のスリッパづくり

扇風機もない冷蔵庫もない
風も吹いてない

内職を手伝う
私のからだも汗びっしょり

かあちゃんがいう
「氷、買ってきてくれ」
お金をあずかって氷屋へ走る

1貫目の氷を
なわでしばってもらって
いそいで家へもどる

かあちゃんが
台所で
ぶっかき氷をつくる

口に氷の破片をほおばり
いっときの涼しさにひたる

あのときの
氷のおいしさ
いまも思いだせる

鉄道博物館

大宮駅から　モノレール
「てっぱく駅」に　降り立ちて
なつかしい顔　久々の出会い
語りつくせぬ　ことばかり

老いたガイドの　ていねいな
説明聞いて　歩きゆく
明治の客車　木製の椅子
完全装備の　新幹線……

見学終わり　レストラン
混んだ座席に　ひと休み

九十分でも　ちょっと疲れ気味
いつも笑顔の　幹事長

久喜学園の　クラス会
互いの無事を　喜びて
集いし我ら　十一人
それぞれ何とか　生きている

大人になるということ

今までの私　お人好し
これぞという　芯がない
幼い気持ち　たよりない気持ち

家を建てた
結婚をした
子供ができた

精いっぱいやったのに
ひどい仕打ちを受けた
悪口雑言を浴びせられた

これが現実の世界
優しい心だけでは生きられない
ひ弱な人間ではだめだ

うちのめされ
たたきつけられ
「何くそ」と思った

そうか
これが
大人になるということか

子供のままでいたい気持ち
神さまのような気持ち
それと逆の強いつよい大人の気持ち

小さき心

学校からの　帰り道
ちょっとさびしげ　暗い顔
石を蹴りけり　とぼとぼ歩く

耳に聞こえる　一言が
心にぐさり　突き刺さる
休み時間の　感じる長さ

つらい心の　あらわれか
思わず強く　蹴り飛ばす
ころがる石を　ふたたび強く

青く澄みきり　晴れわたる
空は今でも　変わらない
なぜかつめたく　心は暗い

家に近づき　切り替える
心のスイッチ　やわらかに
大きい声で「ただいま」と言う

夏の畑

暑いあつい と　口にでる
じっとしてても　汗がでる
今日も気温は　四十度

悲鳴をあげる　野菜たち
白菜・キャベツ　きゅうり・ナス
夕方を待ち　水やりに

木のてっぺんで　セミがなき
トンボが支柱に　一休み
もんしろちょうは　ひらひらと

雑草ぬいて　空をみる
ぽっかり浮かぶ　白い雲
ほっとためいき　ついてでる

母の思い出

風の冷たい　夜だった
ノドを痛めた　幼いボクを
医者に連れてく　母の手の
ぬくもりかすか　今思い出す

医者が嫌いで　ダダをこね
泣いてイヤだと　言いはるボクに
「買ってあげるよ　好きなもの」
母の言葉に　心動かす

絶対約束　破らない
母にせがんだ　欲しいもの

「大きな飴が　たべたいな」
シブシブ向かう　耳鼻咽喉科
弱虫　泣き虫　甘えん坊
涙ボロボロ　お菓子屋の前
金太郎飴　大きいの
口にホオバリ　喜びの顔

夜学ぶ

仕事が終わって　作業着脱いで
挨拶してから　学校へ向かう
ちょっと疲れは　あるけれど
いつものことと　気合いを入れる

大きな教室　座席の確保
急いですぐに　食堂へいく
安くてうまい　ハヤシライス
セットメニューにゃ　手が届かない

電気専門　講義むずかし
黒板いっぱい　公式だらけ

必修科目は　要注意
眠い目こすり　歯をくいしばり

姉より借りた　結婚資金
入学金に　高い教科書
「絶対卒業」　覚悟する
自分にいつも　いいきかせてる

心も身体も　オーバーロード
唯一楽しい「社会学」のみ
時のたつのも　つい忘れ
勉強するのを　幸せと思う

秋の日に

暑いあついと　言いながら
汗を流した　きのうまで
吹きゆく風も　ここちよし

真っ青の空　白い雲
並木のいちょう　うす黄色
スイスイ遊ぶ　赤トンボ

今日は彼岸の　墓まいり
線香たいて　花をいけ
心をこめて　手を合わす

父・母・姉に　ありがとう
遠いはてから　ぼくたちを
見守ってててね　これからも

寺の沿道　彼岸花
ひっそりみえる　赤き色
短きいのち　そのままに

十一月

暑いあついと　エアコンの
部屋で過ごした　ついこのあいだ
今は朝ばん　ちょっと肌寒い
ふとんきて寝て　ちょうど良い

どこまで深い　空の青
みつめる私　吸い込まれそう
黄色に光る　いちょうの葉っぱ
風が吹きつけ　さらさらと

やがてまもなく　誕生日
何かさびしく　心がゆれる

忘れ物した　子供のように
残した何か　確かめる

とかくこの世は　いそがしく
つきあいだけで　うちすぎてゆく
流れながれて　ただなんとなく
傷つきながら　生きている

冬の散歩

朝の気温は　ジャスト・ゼロ
思わず首を　すくめてしまう
北の空には　北斗七星
キラキラ風に　ゆれてみえる

手袋・マフラー・耳あて帽子
完全防備で　出かける支度
陽温まる頃　家を発つ
元気に腕ふり　大股で

枯れた田んぼに　北風が吹く
とばされぬよう　帽子をおさえ

遠くにのぞむ　嶺を見ながら
歯をくいしばり　一歩一歩

歩くあるくぞ　力をこめて
いろんなことが　頭に浮かぶ
昨日・今日・明日　悔やむいくつか
思い悩むな　ケセラセラ

孫による二十三選

星

夜空を見上げる
空一面に星がまたたき
まんまるい月がゆれてみえる

昔の人は
夜空の星に絵をえがいて
いろんなストーリーをつくった

私は小さいときから
人がなくなると
星になると思っていた

まっ黒い空の
あの遠い星からみた
この地上はどうなんだろう

人間なんか
石ころみたいに
ちっぽけにみえるのでしょうか

宇宙を駆ける鳥になって
あの星の上から
この地球をみてみたい

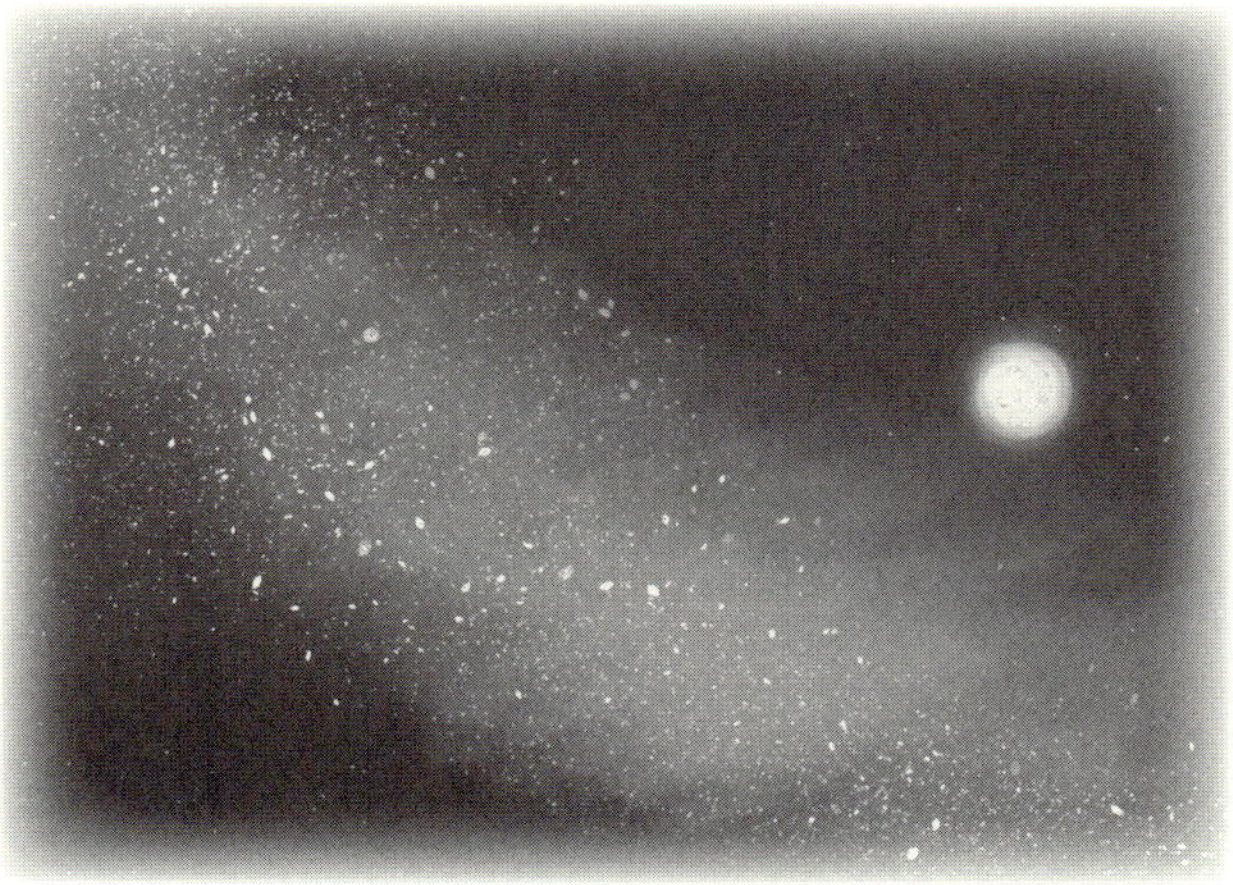

野猿峠

中学のとき
バスで行った遠足
野猿峠

なぜか
私の記憶に
残っている

春のひざしが
サンサンと
まぶしかった

野原での休憩中
木々の青が
目にしみた

ただそれだけ
あとは何も
覚えていない

今　思うのです
もう一度行ってみたい
野猿峠へ

さわやかな人

なんて澄んだ目なんだろう
なんてたくましい心なんだろう
なんていつも前向きなんだろう

絶対　うそはいわない
弱いもののみかたで
ぶれない　ひるまない

強い信念で
ハッキリものを言う
そして　堂々としている

本を読み
広いひろい知識をもち
世の中の小さいこともわかる

自分が苦しみ　つらいのに
ものともせず
ものごとをやりとげる

その人は
遠くをみつめている
大空のもっともっと遠くを

初もうで

青い空に
白い雲
おだやかなひざし

近くの神社まで
初もうで
ゆっくりと　歩いていく

ゆく人　くる人
楽しそうな顔
つまらなそうな顔

でっかい杉の木に
オナガがとまり
さえずっている

神殿に
手を合わす
目をつぶる

心がなんか
シーンと
すみわたる

床屋さん

「今日はあったかいですね」
―とても気持ちいいです―
チョキッ　チョキッ

「景気がパッとしませんね」
―失業者もふえてますよ―
チョキッ　チョキッ

床屋さんは
お話がじょうず
はさみを運ぶ手は休めない

「いらっしゃいませ」
「ありがとうございました」
明るい声で呼びかける

ひげをそり
髪を洗い
スッキリ

私の薄い髪の毛を
うまくそろえる
さすがにプロですね

外に出ると
なぜか空気がおいしい
みなれた家並みも新鮮だ

五月

いい季節になりました
つつじの花が咲いてます

赤・白・ピンク
あざやかです

垣根の紅カナメがみごとです
まっかです

みずきがきれいです
白いのと赤いのがあります

ジャーマンアイリスが見えます
白と黄色のバランスがいいです

藤ダナに紫の花房
日本人にぴったりです

桜の木には
緑の葉が茂っています

青い空に白い雲
木々が草花が輝いています

なにか心がうきうきします
とても心が落ちついてくるのです

今日も行く

まだあけやらぬ　朝の道
マフラー手袋　マスクして
駅舎にむかう　人ひとり
冷たい風を　ほほにうけ
今日も行く行く　北へ北へ

一番電車を　待ちながら
プラットホームに　みえる空
上弦の月が　ふるえてみえる
むれなす鳥が　さびしそう
今日も行く行く　北へ北へ

やっとすわれた　座席には
スチームだけが　ごちそうで
つまらなそうな　人々の
顔がたくさん　みえるだけ
今日も行く行く　北へ北へ

ビルとビルとの　すきまから
うっすらみえる　朝空に
遠くかすんで　山がある
鉄橋をわたる　レール音
今日も行く行く　北へ北へ

花火

暑い夏
汗がふきでる
風が吹く
髪がゆれる
黒い空に
星がまたたく
静じゃくを破って
ドンッと音がひびく

黄色い光の
一すじが上昇する
上空でパッとわれて
光の輪がとびちる
赤・青・黄色……
スッキリした気持ちになる
風がまた
ほほに吹きつける

大晦日

大きくきらめく
重厚な神殿
たくさんの人の波

参拝をすませて
門前町を歩く
ゆっくりゆっくり

まんじゅう屋さん
酒屋さん
セトモノ屋さん

いいにおいがただよう
お店のおばさんが
にっこり声をかけてくる

古い木造の家々
しぶい柱に
長い重い歴史がしみついている

幼いころ
みんなして歩いた
浅草を思いだした

夕ぐれ

一番星　みつけた
すごく明るいね
強くて遠いあのひとのようだ

二番星があったよ
夕ぐれの空はきれいだね
カラスが西の空を横ぎっていく

三番星はどこかな
あったあったきみの目はすばらしい
月の光がすごく明るいね

わーっ　たくさんの星がいた
きれいなきれいな夜空だ
よごれた心が洗われるようだね

少年時代

六畳《じょう》の部屋に
親子総勢六人がねむる
これが我が家

ひからびた木造の長屋
少し傾いた窓
ぶっこわれたトタン屋根

みかん箱を机にして
ドテラをすっぽりきて
受験勉強

おーっ　寒い
屋根から冷たいつらら
窓からみえるけしき

めしをたく白いけむり
雨のふりだしそうな空
公園につったっている木

今日一日がはじまる
顔を洗ってねむけをとり
気をとりなおす

コーヒーブレイク

インスタントコーヒーをつくる
カップで
一くち飲む

こんをつめて
やっと終わった
メールのやりとり

ホッと一息
いすにもたれ
深呼吸する

人には
きんちょうと息ぬきが
必要だ

張りつめた気持ち
ふんばるからだ
ときには休ませることが

このなにもない
空白の
時間がいい

動物園

お墓まいりの帰り
上野動物園を
ひさびさに訪れる

孫たちは
何を見たいか
話し合っている

ぞうさんは
大きいね
目がとってもやさしい

キリンさんは
背たかのっぽ
木のはっぱをついばんでるよ

おサルさんは
ちょこちょこと動きまわり
おもしろいね

でも
私　山羊《やぎ》さんが一番いい
首すじをなでることができるもん

滝

標識にしたがって
勾配のきつい坂をくだる
すべりやすい石段を
しんちょうに降りていく
木々の葉のすきまから
水の音が近づく
急に視界がひらけ
流れおちる滝が目にとびこむ

水しぶきがとぶ
ひんやりした風がただよう
一瞬心がしめつけられる
思わずからだをかたくする

流れおちる滝
流れおちる私の心

心の目をひらいて
空気を胸いっぱい吸い込む

恋心

おだやかな目
心にひびくおしゃべり
ただようやさしい空気

あなたの前へ行くと
何も言えなくなってしまう
近づきたいのに逃げてしまう

あなたは走る
あなたは発言する
あなたは仕事をする

とても心がせつない
こんな気持ちはじめて
夢ではいつもやさしいのに

あなたは星からきた人のようだ
ひとことでもいい
私に話しかけてください

虹

雨足過ぎて　一休み
西の空には　夕焼けが
うっすら見える　日暮れどき
東の空を　ながめれば
大きな大きな　虹が目に見ゆ

電信柱を　半径に
描いたような　半円が
頭上はるかに　そびえたつ
赤・青・緑！　すばらしい
正座している　母上のように

ふだん貧しい　この町の
屋根の上にも　美しい
静かな静かな　ときがある
どんなものにも　劣らない
光り輝く　水彩画あり

秋

風が吹くと
木の上の方から
葉っぱが舞い落ちる

公園の歩道も
落ち葉でぎっしり
黄色と赤のまじったジュータンだ

カサッ　カサッ
歩くたんびに
音が耳にとびこむ

あっ、また風が吹いた
葉っぱが舞い落ちる
歩く　歩く

小さなつむじ風で
葉っぱが舞いあがる
まるでダンスでもしているように

若いカップルが
手をつなぎ
私を追い抜いていった

今が秋のまっさかり
青空と白い雲の中を
歩く　歩く

風

やさしくそそぐ　ひざしを受けて
スケッチをする　仲間たち
遠くかなたに　群れなす小鳥
ほほをなでてく　そっと風が

しんから好きな　素敵なあなた
待てど会えずに　霧の中
身にしみわたる　冷たく風が
あきらめきれず　空をみる

眠れぬ夜も　いくとせ過ぎて
負けない心　生まれでる

みちばたの花　すこやかな風
何かいいこと　ありそうな

空の色こそ　日々変わるもの
くりかえす「とき」　流れゆく
精いっぱいに　生きてけばよい
風は流れる　さやさやと

雲

雨のあがった　青い空
ひらひらちょうちょが　遊んでる
そよそよ風に　踊ってる

見あげるお空　白い雲
今日はとっても　よく見える
飛行機雲が　一直線

長いマフラー　泳いでる
遠いむこうに　ジュータンだ
魔法使いも　乗っている

私も一緒に　行きたいな
遠いお国の　お城まで
王子さまにも　会えるかな

夢がふくらむ　白い雲
青いお空は　いつ見ても
きれいになるの　心まで

八月の梨

八月初旬　いつものように
梨の直送　※菖蒲へむかう
甘くおいしい「幸水」
私の好きな　果物の一つ

お世話になった　親戚三軒
妻のふるさとへ　クールで送る
長女の近所に　もう一軒
金もかかるが　無駄もまた良し

梨到着の　電話聞きながら
歳老いたけど　無事を喜び

家族の様子　聞けて良し
年に一度の　いつもの仕事

歳をとっても　行動すべし
お墓まいりに　八月の梨
身体の調子　整えて
健康寿命　五年計画

※菖蒲＝埼玉県久喜市にある「菖蒲グリーンセンター」のこと。

パワーポイント

電験三種の　講習ゼミで
パワーポイント　プレゼンを見た
十二年前　「すばらしい」
ただそのことが　記憶に残る

ウインドウズ10の　パソコンを買い
テキストたよりに　一から勉強
スライド作り　図形・文字
奥が深いぞ　アニメーション

分数式の　入力法
特殊文字など　試行錯誤で

失敗重ね　たどりつく
ようやく形　なんとかできた

努力惜しまず　集中すれば
オレにもできる　自信がついた
パワーポイント　おもしろい
入ってよかった　パソコンクラブ

春

桜の花が　咲きほこり
風にゆられてひらひらと
明るい空へ　舞いあがる
今日も静かな　散歩みち

ツバメが一羽　電線に
とまってしばし　一休み
白いおなかに　黒い羽
校長に似た　えんび服

今年もついに　やってきた
ツバメの来るよな　時期なのか

季節はめぐる　いそがしく
おいてけぼりは　私だけ

一瞬強い　風が吹き
ツバメが急に　飛びたった
ゆれる電線　青い空
あとに残りし　静けさが

梅のこころ

北風木枯らし　吹きつける
切り裂くように　ピューピューと
痛く冷たく　身がふるえる
冬将軍の　本領発揮

風に揺られる　梅の木が
負けるもんかと　言っている
枝につぼみが　三つ四つ
こんな寒さに　じっとしている

こごえてふるえる　木の枝に
花を咲かそうと　耐えている

ただひたすらに　待っている
春が来るのを　心の中で

こんなかぼそい　梅ですら
寒さにさからい　生きている
厳しい苦しい　世の中も
なんの負けるな　まっすぐにゆけ

刊行に寄せて

この度は、私の祖父の詩集を手に取っていただき、誠にありがとうございます。本詩集は、亡き祖父が長年にわたってその人生や日常の出来事、深い思い、そして昔の思い出を詩という形で表現してきたものです。ページをめくりながら、皆様が祖父の心の風景に触れ、少しでも心に響くものを感じ取っていただければ幸いです。

私は祖父の詩を読み、今まで知ることがなかった彼の一面に触れることができました。祖父の詩には、彼が経験してきた喜びや悲しみ、日々の小さな発見、そして過去の懐かしい記憶が綴《つづ》られております。

一つひとつの詩が、彼の人生の断片を映し出し、その時々の心情や風景が生き生きと描かれております。読者の皆様が、これらの詩を通じて祖父の歩んできた道を感じ、共感や気づきを得ることができれば、私たちにとってこれ以上の喜びはありません。

本詩集の構成は、祖父が十五年以上にわたり書き記した詩の中から、私と母が選んだもの、そして祖父自身が選んだものを一つにまとめたものになります。これらの詩を通じて、祖父と皆様との間に新たな絆が生まれることを願っております。

祖父にとって詩集の出版は、私が生まれるよりも遥か昔からの夢でした。その夢がこうして実現できたのは、多くの方々のご支援とご協力のおかげです。

編集者の皆様、デザイナーの皆様、そして出版に携わってくださったすべての方々に、深く感謝の意を表します。皆様のサポートがなければ、この詩集は形になることはありませんでした。

また、家族や友人、そして支えてくださったすべての方々へ。皆様の励ましと愛情が、祖父の創作の源でした。本当にありがとうございます。

この詩集が皆様の心に小さな光を灯すことを願っております。

浅野黒道

著者プロフィール

浅野 眞次（あさの しんじ）

1942年11月17日生まれ。

東京都荒川区南千住出身。

東京電機大学工学科卒業。

都立工業高校電気科の教員として勤務。

著書に『電気百科事典』（共著　オーム社）、『ディジタルIC無接点シーケンス制御入門』（共著　啓学出版）、『絵とき情報技術基礎マスターブック』（共著　オーム社）ほか。

本文イラスト：まえの ゆみ
イラスト協力会社／株式会社ラポール イラスト事業部

男がゆく

2025年1月15日　初版第1刷発行

著　者　浅野 眞次
発行者　瓜谷 綱延
発行所　株式会社文芸社
〒160-0022　東京都新宿区新宿1－10－1
電話　03-5369-3060（代表）
03-5369-2299（販売）

印刷所　TOPPANクロレ株式会社

ISBN978-4-286-25995-6